팬마와 춤추면
행복이 커져!

바우솔 작은 어린이 50

팬마와 춤추면 행복이 커져!
Dancing with Panma Makes You Happy!

1판 1쇄 | 2024년 9월 20일

글 | 장성자
그림 | 박현주

펴낸이 | 박현진
펴낸곳 | (주)풀과바람
주소 | 경기도 파주시 회동길 329(서패동, 파주출판도시)
전화 | 031) 955-9655~6
팩스 | 031) 955-9657
출판등록 | 2000년 4월 24일 제20-328호
블로그 | blog.naver.com/grassandwind
이메일 | grassandwind@hanmail.net

편집 | 이영란
디자인 | 박기준
마케팅 | 이승민

ⓒ 글 장성자 · 그림 박현주, 2024

값 12,000원
ISBN 979-11-7147-089-1 73810

※ 잘못 만들어진 책은 구입처에서 바꾸어 드립니다.

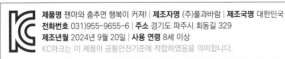

제품명 팬마와 춤추면 행복이 커져! | **제조자명** (주)풀과바람 | **제조국명** 대한민국
전화번호 031)955-9655~6 | **주소** 경기도 파주시 회동길 329
제조년월 2024년 9월 20일 | **사용 연령** 8세 이상
KC마크는 이 제품이 공통안전기준에 적합하였음을 의미합니다.

⚠ **주의**

어린이가 책 모서리에
다치지 않게 주의하세요.

펜마와 춤추면 행복이 커져!

장성자 글 * 박현주 그림

머리글

어린이 여러분, 혹시 다른 누군가가 되고 싶었던 적 없었나요?

나는 참 많았답니다.

집에서는 4남매 중 맏이여서, 막내가 되고 싶었던 적도 많았고요. 학교에서는 수학을 잘하는 아이였으면 했을 때도 있었고요. 달리기를 잘하는 아이였으면 할 때도 많았어요. 친구들이랑 놀 때는 게임을 잘하거나 노래를 잘 불렀으면 할 때도 많았어요. 키가 컸으면 하다가 또 어느 때는 키가 작았으면 할 때도 있었죠.

어린이 여러분은 어떤가요?

나 아닌 다른 누군가가 되고 싶은 마음이 드는 건 아주 자연스러운 일이에요. 그건 꿈을 키워가는 시작이 되기도 하거든요.

노래를 잘하는 누군가를 꿈꾸다가 진짜 가수가 되기도 하고요,
운동선수를 꿈꾸다가, 운동을 도와주는 트레이너가 되기도 하고요,
공부를 잘하는 누군가를 꿈꾸다가 선생님이 된 사람도 있지요.

중요한 건, 나를 잃지 않는 것이라고 생각해요.

무작정 다른 사람을 부러워하지 말고요, 먼저 나를 잘 알아야 하겠죠?

내가 잘하는 것은 무얼까?

내가 좋아하는 것은 무얼까?

나는 왜 다른 친구를 부러워할까?

생각해 봐도 잘 모르겠다고요?

그럼, 가족과 이야기를 나누어 봐요. 선생님과도 이야기를 나누어 보아요. 친구들과도 이야기를 나누어 보아요. 나를 사랑의 눈으로 바라봐 주는 사람들과 이야기를 나눈다면, 나에 관해서 더 잘 알 수도 있으니까요.

나에 대해 말하는 걸 부끄러워하지 말아요.

그래도 용기가 안 난다면, 팬마와 먼저 얘기를 나눠 볼래요? 팬마의 꼬리가 여러분의 손가락을 촤라락 감는다면, 마법이 시작된답니다. 으쓱으쓱 춤도 추고요, 여러분의 얘기도 실컷 하고요. 팬마의 얘기도 들어줄 거죠?

어? 팬마가 여러분의 손으로 폴짝 뛰었어요!

장성자

차례

촤라락 꼬리 감기

'오늘은 엄마가 집에 왔을까?'

송이의 생각은 하나뿐이었어. 수업 시간에도, 쉬는 시간에도.

"한송이, 오늘 왜 그래? 그거 먹고 되겠어?"

민서의 목소리에 비웃음이 달렸지만, 신경도 쓰이지 않았어. 며칠 동안 알림장에 부모님 사인이 없어서 선생님도 고개를 갸웃했지.

교문 앞에서, 선생님과 인사를 마치자마자 친구들은 뿔뿔이 흩어졌어. 엄마가 데리러 온 친구들은 엄마한테 가방을 맡기고 놀이터로 뛰어갔지.

어느 놀이터로 가는지 송이는 다 알아. 며칠 전까지 송이도 같이 뛰어갔었거든.

오늘따라 가방이 더 무거웠어. 책은 모두 학교에 있고 가방엔 알림장과 수저와 물통뿐인데도.

송이는 신발을 질질 끌며 땅만 보고 걸었어. 순간 뭔가 송이 발 앞으로 쌩 지나가는 거야. 휴지 뭉치가 바람에 날려가는 것 같았어. 눈이 휴지를 따라갔어. 꽃나무가 심어진 화단 주위엔 휴지 같은 건 없었어. 휴지가 아니라, 까만 눈동자를 가진 무언가가 돌 사이에서 꼼지락거렸어.

송이는 살짝 한 발짝 다가갔어. 햄스터 같았어. 햄스터를 키우고 싶어서 엄마에게 사 달라고 조른 적이 있었거든.

그런데 햄스터가 아니었어. 얼굴과 목 뒤쪽에 까만 털이 점처럼 있었어. 팬더마우스야. 마트에서 햄스터를 구경하다가 본 적이 있거든. 어떻게 팬더마우스가 길가에 있는지 너무 놀라웠어.

팬더마우스가 송이를 빤히 바라보는 것 같았어. 송이는 자기도 모르게 쪼그려 앉아 손을 내밀었어. 땅바닥에 손등을 대고, 팬더마우스에게 올라오라고 하듯이 말이야.

팬더마우스는 금방 올라오지 않았어. 송이는 기다렸어. 다른 사람이 지나가지 않아서 얼마나 다행인지 몰라.

코끝을 씰룩이던 팬더마우스가 앞발을 살짝 내밀었어. 그러더니 송이의 손가락 끝을 잡지 뭐야. 송이는 온몸이 찌릿찌릿했어. 그래도 참고 가만히 있었어. 어느새 팬더마우스는 송이의 손바닥 위로 올라왔어. 몸길이는 송이의 새끼손가락만 했어. 꼬리는 털이 없고 몸보다 훨씬 길었어. 송이는 조심스럽게 손을 들어 올려 눈 가까이에서 팬더마우스를 바라봤어.

"너, 참 작구나. 좋겠다."

팬더마우스가 고개를 갸웃했어. 까만 눈동자도 반짝 빛났고.

사람들이 오고 있었어. 송이는 다시 손을 내렸어. 팬더마우스도 자기 집에 가야 하니까. 순간 팬더마우스가 꼬리를 송이의 새끼손가락에 촤라락 감는 거야. 송이는 몸이 찌르르 떨렸어. 팬더마우스는 화단으로 돌아가지 않고, 꼬리도 풀지 않았어. 송이는 배시시 웃었어. 팬더마우스가 자기를 좋아하는 것 같았거든.

송이는 주위를 돌아보면서 손을 살짝 구부렸어. 그리고 주머니에 손을 넣었어. 팬더마우스는 꼬리를 감은 채 그대로 있었어. 집으로 가는 동안, 송이는 손가락이 간질거려 미칠 것 같았어. 뒤를 절대 돌아보지 않고 빨리 걸었어. 누군가 팬더마우스 주인이라며 달려올 것 같았거든.

집에 와서 방문을 닫자마자 송이는 주머니에 있는 손을 꺼냈어. 꼭 손이 남의 손 같았어. 정말이지, 송이는 가슴이 터져 버릴 것 같았어. 손을 살짝 펴 보았어. 그런데 팬더마우스가 움직이지 않았어. 송이는 너무 무서웠어. 집으로 오는 사이에 팬더마우스가 죽, 죽은 걸까?

그때, 팬더마우스가 꿈틀했어. 꿈틀, 또 꿈틀.

송이는 얼른 손을 책상 위에 놓았어.

"미안, 답답했지?"

팬더마우스는 낯선 곳에 와 있다는 걸 알았는지, 주위를 두

리번거렸어.

"여긴 우리 집이야. 놀랐지? 네가 왜 여기 있냐면……."

송이는 '내가 너를 훔쳐 온 거야.'라고 말하기가 부끄러워서 망설였어. 그때 팬더마우스가 쪼르르 책꽂이 사이로 들어가 버렸어.

"안 돼!"

조그만 팬더마우스가 사라지면 찾을 수 없을 듯했어. 송이는 얼른 팬더마우스가 들어간 쪽 책을 꺼냈어. 팬더마우스는 없었어. 책꽂이의 책을 다 꺼냈는데도 보이지 않았어. 송이는 울상이 되었어. 그때 책상 밑으로 내려가는 팬더마우스의 꼬리가 보였어. 송이는 얼른 손을 뻗었어. 하지만 잡을 수 없었어. 송이는 책상 밑으로 몸을 숙여서, 요리조리 눈을 굴렸어.

"아, 저기!"

송이가 말하는 사이, 팬더마우스는 벌써 문 쪽으로 가더니, 모서리를 지나 깔린 이불 속으로 쏙 들어가 버렸어. 송이는 헉헉거리면서도 피식 웃음이 났어. 꼭 친구와 숨바꼭질하는 것 같았거든. 송이는 살금살금 기어가서 이불을 확 젖혔어. 베개 끝을 꽉 잡은 팬더마우스가 보였어. 송이는 팔을 뻗어, 두 손을 바구니처럼 만들어 팬더마우스를 잡았어. 송이의 두 손 사이에 팬더마우스가 쏙 들어가고, 두 손 밑으로 꼬리가 흔들거렸어.

"도망가지 마. 너랑 놀고 싶어."

송이는 두 손 사이에 있는 팬더마우스에게 속삭였어. 송이의 말을 들은 걸까? 팬더마우스의 꼬리가 송이의 새끼손가락을 촤라락 감았어.

한 손엔 팬더마우스를 올려놓은 채, 송이는 잡동사니가 들어 있는 상자를 비웠어. 그러곤 상자에 휴지를 깔고, 팬더마우스를 내려놓았어.

"이제부터 여기가 너의 집이야."

송이는 상자 뚜껑에 볼펜으로 푹, 푹 찔러 숨구멍도 만들었어.

송이는 시간 가는 줄 모르고 팬더마우스와 놀았어. 이 손 저 손으로 옮겨 보기도 하고, 옷에 매달리게도 하고, 상자에 넣어 뚜껑을 닫아 보기도 하고, 연필을 타고 올라가는 훈련도 시켰어. 그러는 사이에도 팬더마우스는 도망가지 않았어. 정말 송이랑 놀아 주는 것 같았어.

작아지고 싶어

띡띡띡띡띡띡!

갑자기 현관문 비밀번호를 누르는 소리가 났어.

"아빠다."

송이는 얼른 팬더마우스를 상자에 넣고, 뚜껑을 닫고, 상자를 책상 서랍에 넣었어. 너무 서두르느라 서랍이 잘 닫히지 않았어.

방문이 벌컥 열렸어.

"뭐 하는 거야! 아빠 오는 소리 안 들렸어?"

송이는 서랍을 막고 서서, 고개를 푹 숙였어.

"밥 먹자."

"네……."

송이는 방문을 꼭 닫고 나갔어.

밥통을 여니, 며칠 된 밥이 있었어. 엄마가 해 놓은 밥이야. 냄새도 좀 나고, 말라서 딱딱했어. 송이는 밥을 긁어서 그릇에 담았어. 냉장고를 열어서 김치도 꺼냈어. 김치 말고는 된장이나 고추장뿐이었어.

밥상에 놓인 밥과 김치를 본 아빠가 숟가락을 탁 놓았어.

"국물 없어?"

"네에."

송이는 우물쭈물 답했어. 아빠가 한숨을 푹 쉬었어.

"콩나물이나 사 와."

아빠가 접힌 천 원짜리 몇 장을 식탁에 던졌어. 시계를 보니

저녁 8시야. 송이는 캄캄한 밤에 나가는 게 무서웠지만 말하지 못했어.

겉옷을 입고 나가기 전에 서랍을 열었어. 팬더마우스가 잘 있는지 궁금했어. 상자 뚜껑을 살짝 들어 올렸어. 팬더마우스가 쪼르르 송이의 손을 타고 올라왔어.

"같이 갈까?"

송이는 배시시 웃으며 팬더마우스를 주머니에 넣었어.

"절대 나오면 안 돼."

그런데 팬더마우스는 마트로 가는 길에, 주머니에서 나와 송이의 어깨를 지나, 머리카락을 타고 머리 위로 올라갔어. 송이는 큭큭 웃음이 났어. 깜깜한 밤인데 하나도 무섭지 않았어.

송이가 사 온 콩나물로 아빠는 국을 끓였어. 물에 콩나물을 넣고 소금을 넣고 끓였어. 송이는 가만히 보고 있었어. 아빠는 콩나물국을 두 그릇 떴어.

"먹어."

아빠가 말했어. 송이는 고개를 저었어. 밥이 조금밖에 없었거든. 배가 그렇게 고프지도 않았어.

"엄마한테서 연락 없었어?"

송이는 아무 말도 하지 못했어.

"들어오기만 해 봐."

아빠는 콩나물국을 푹푹 떠서 밥을 먹었어.

'참, 배고프겠다.'

학교에서 온 뒤 팬더마우스가 아무것도 먹지 못했다는 사실이 떠올랐어. 송이는 냉장고에 있는 다 말라가는 당근 조각을 들고 방으로 갔어.

책상 위에서, 팬더마우스는 송이가 준 당근을 갉아 먹었어.

"나도 너처럼 작았으면 좋겠다. 아무도 못 찾는 곳에 숨고 싶어."

송이는 두 팔에 턱을 괴고 중얼거렸어. 당근을 갉아 먹던 팬더마우스가 송이를 보았어.

"그럼 나랑 바꿀래?"

"응? 어? 어…… 누가 말했지?"

송이는 머리를 쳐들고 주위를 살폈어.

"누군 누구야? 나야, 나."

팬더마우스가 송이의 손으로 쪼르르 올라왔어. 송이는 온몸에 소름이 돋았어. 하마터면 소리를 꽥 지를 뻔했지. 팬더마우스가 올라탄 손을 눈 가까이 들어 올렸어. 팬더마우스와 송이의 두 눈이 마주쳤어.

"말, 할 수 있어?"

"말하고 싶지 않아도 안 할 수가 없어. 아이들이 얼마나 시끄럽게 떠드는지, 태어난 지 3일 만에 말도 글도…… 아니, 글은 아니고 말은 다 터득했다니까. 참, 내 이름은 팬마야."

팬더마우스는 그동안 못했던 말을 쏟아내듯이 말했어.

"팬마?"

"어. 줄임말. 줄임말이 유행이잖아."

"응. 알아. 그럼 난 송."

"요즘 애들은 왜 이렇게 말 줄이는 걸 좋아하는 거야. 이름
도 줄이냐?"

"헤헤, 나도 줄여 보고 싶었어. 친구들은 그런 거 다 하더라
고."

송이의 목소리가 아주 신이 난 듯 높았어.

"송. 한 가지 더 말할 게 있는데, 네가 날 훔쳐 왔다는 건 착각이야. 내가 널 선택한 거라고. 아까 나랑 눈 마주쳤지? 그때, 너의 심장을 확 낚아챘지. 내가."

"와, 그런 말도 할 줄 알아? 그런데 정말 나랑 바꿀 수 있어?"

"그래. 난 그만 작고 싶어. 그리고 집이 아니라 학교도 가고 싶다고. 그러면 글도 배우고 숫자도 배우고 체육도 할 수 있겠지? 그래서 그 마트에서 탈출했지."

조그만 팬마의 입에서 줄줄이 하고 싶은 일들이 나왔어.

"정말 나랑 너랑 바뀐다고?"

"너도 안 믿는구나."

팬마는 한숨을 푹 쉬었어.

"어, 어떻게 바꾸는데?"

"나랑 춤을 추면 돼."

"너? 내가 팬더마우스랑 춤을 춘다고?"

송이는 순간 으하하 웃을 뻔했지 뭐야.

"그래. 이 방법을 얻어내기 위해 내가 얼마나 옥황상제님께 빈 줄 알아?"

송이는 이 모든 상황이 꿈속인 것 같았어. 팬마와 노는 꿈을 꾸다니. 그렇더라도 꿈에서 깨어나고 싶지는 않았어. 그래서 팬마에게 더 말을 걸었어.

"다른 방법도 있어?"

"너, 쥐가 사람 손톱을 먹고 사람으로 변하는 이야기 알지?"

송이는 고개를 끄덕였어.

"그런데, 사람 손톱을 먹은 어떤 팬더마우스가 그 손톱이 목에 걸려서 엄청나게 고생했다는 전설이……"

"아팠겠다."

송이는 자기 목에 손톱이 걸린 것 같아 목을 감싸 쥐었어.

"자, 우리 춤출까?"

팬마와 춤을

송이는 손을 어깨높이 정도로 올리고 거울 앞에 섰어. 팬마
는 송이의 손바닥에 앉아 있었어.

"이제부터 춤을 출 거야."

팬마가 주문을 걸듯 말했어. 송이가 고개를 천천히 끄덕였
어.

"자, 거울 속 내 눈을 봐."

송이가 거울에 비친 팬마의 눈을 봤어. 팬마도 초롱초롱한

눈으로 송이를 봤어. 그러곤 꼬리로 송이의 새끼손가락을 촤라락 감았어.

송이는 팬마의 꼬리가 감긴 새끼손가락이 간지럽기도 하고, 굳어 버린 것 같기도 했어.

"내가 하나, 둘, 셋, 하면 양쪽 어깨를 으쓱으쓱해. 두 번 하면 돼. 그러곤 한 바퀴, 두 바퀴, 세 바퀴 왼쪽으로 뱅 돌고 거울을 봐. 그럼 놀라운 일이 벌어져 있을걸."

팬마는 아주 신이 난 듯했어. 눈빛이 아주 빛났거든. 그런데 송이의 눈은 빛나지 않았어. 사실, 말도 안 되는 얘기잖아. 춤을 춘다고 서로가 바뀌다니.

"하나, 둘……"

팬마가 숫자를 세기 시작했어.

"셋!"

팬마가 어깨를 흔들다가 멈췄어.

"송! 송! 송!"

팬마가 소리치는 바람에 송이가 움찔 놀랐어.

"왜 춤을 안 추는 거야? 작아지고 싶지 않아?"

송이는 거울 속 자신의 눈을 봤어. 송이는 어릴 때부터 덩치가 또래보다 조금 더 컸어. 그래서 사람들은 또래보다 뭐든지 잘하길 바랐어. 엄마와 아빠도 그랬어. 친구들에게 가끔 놀림도 받았어. 그리고 요즘은 아빠가 야단칠 때마다 작아지고 싶었어.

송이는 머리를 흔들며, 거울 속 팬마의 눈동자를 봤어.

"다시, 하나, 둘, 셋!"

팬마가 숫자를 부르는 것과 동시에 꼬리에 힘을 꽉 줬어. 송이는 새끼손가락을 움찔하며 오른쪽 어깨를 으쓱, 으쓱했어. 또 왼쪽 어깨를 으쓱으쓱했어. 그러곤 팬마를 손에 올린 채 뱅그르르 뱅그르르 뱅그르르 세 번 돌았어. 어지럽기도 하고 웃음도 났어. 질끈 감았던 눈을 떠 거울을 봤어.

끔뻑끔뻑. 팬마도 송이를 보고만 있었어. 그러다 둘 다 동시에 "으악!" 소리를 지르고 말았어.

정말 송이와 팬마가 서로 바뀌어 있었어!

그때, 방문이 벌컥 열렸어. 팬마는, 아니 송이는, 송이의 아니

팬마의 손목 속으로 얼른 숨었어.

"왜 소리 질러? 놀랐잖아!"

아빠였어. 순간 팬마는 아무 말도 하지 못했어.

그렇게 말을 잘하더니, 갑자기 송이로 변하는 바람에 정신이

하나도 없었나 봐.

"빨리 자. 아빠 집중해서 일해야 하는 데 방해하지 말고."

"먼저 괜찮냐고, 물어봐야 하는 거 아니에요?"

팬마가 따지듯 말했어.

"뭐?"

문을 닫으려던 아빠가 놀라서 돌아보았어. 송이도 놀랐어. 자신이 팬마가 된 사실에 놀랄 시간도 없이, 송이는 덜덜 떨었어. 아빠가 화나면 정말 무섭거든.

송이는 송이의 옷 속에서, 아니 팬마의 옷 속에서 몸을 파르르 떨었어. 팬마는 덜덜 떨고 있는 송이의 움직임을 느꼈어.

"아, 아니에요. 잘게요."

팬마는 아빠에게 웃으며 말했어. 송이가 너무 놀라 툭 떨어지기라도 한다면, 아빠의 저 큰 손에 잡힐지도 모르잖아.

아빠가 이마에 주름을 가득 모으며 문을 쾅 닫고 나갔어.

"휴~."

송이와 팬마가 동시에 커다란 한숨을 푹 내쉬며 방바닥에 주저앉았어.

"정말 바뀌었네. 어떡하지?"

송이가 발라당 누워 있는 팬마, 그러니까 송이의 모습을 하고 있는 팬마의 어깨에 앉아서 말했어.

"어떡하긴. 당분간 바뀐 채로 사는 거지. 우리 둘 다 원한 거잖아."

"그렇긴 한데……."

"송, 일단 자자. 오늘 에너지를 너무 많이 썼더니 졸려."

팬마는 이불을 목까지 끌어올렸어. 송이는 이불 속에서 버둥거리다 나왔어.

팬마는 벌써 잠이 들었나 봐.

송이는 이불 위를 쪼르르 기어간 뒤에, 벽을 타고 올라갔어. 전등 스위치를 아무리 눌러도 불이 꺼지지 않았어. 송이는 스위치를 막 누르다가 밑으로 축 처진 꼬리를 보았어.

"헉!"

정말로 팬마로 모습이 변해 있었어. 송이는 결국 불을 못 끄고, 팬마가 자는 이불로 다시 갔어. 송이 모습을 한 팬마가 몸부림을 칠지 모르니, 머리맡에 자리를 잡았어.

'아, 정말 피곤한 하루였어.'

송이는 잠이 솔솔 왔어.

드르렁

손 좀 잡아줘

"송이야, 빨리 일어나! 학교 안 가?"

아빠가 소리를 질렀어. 송이는 화들짝 놀라서 눈을 떴어. 잠을 푹 잤는지 몸이 개운한 느낌이 들었어.

"팬마야, 아침이야. 학교에 가야 해."

송이가 팬마의 귀 옆에서 속삭였어. 아빠가 또 소리를 질렀어. 송이로 변한 팬마가 방문을 열고 나갔어.

"어린아이가 늦잠을 잘 수도 있는 거지. 뭘 그렇게 소리를 질러요?"

팬마도 잠을 잘 잤나 봐. 에너지가 막 솟아 있는 목소리였어.

"뭐?"

아빠가 당황했나 봐. 아빠는 당황하면 뭐, 뭐 이러면서 다음 말을 못 하거든. 송이는 방문 틈 사이로 조마조마해 듣고 있었어.

"밥 주세요."

팬마는 하품을 쫙하며 말했어.

"뭐?"

"밥. 밥 몰라요? 밥 달라고요."

"네가 찾아서 먹고 가!"

아빠는 밥을 챙겨 줄 마음이 전혀 없었어. 어쩌다 보니 송이보다 일찍 일어난 것뿐이었어.

"송이는 이제 겨우 아홉 살이에요. 엄마 아빠가 차려 주는 밥을 먹을 충분한 권리가 있다고요."

팬마가 고개를 쳐들며 아빠를 똑바로 보고 말했어. 송이가 세상에 태어나서 한 번도 해 본 적 없는 행동이었지. 아빠는 엄청나게 당황했나 봐. 눈을 떼굴떼굴 굴리며 송이를 훑어보았어.

"얘가 밤새……."

아빠가 고개를 갸웃하며 김치와 식은 밥을 식탁에 던지듯이 놓았어.

"오늘 저녁엔 불고기라는 것과 금방 지은 밥을 좀 해 주세요. 만날 해바라기씨만 갉아 먹었더니…… 읍, 아니……."

"뭐? 불고기?"

아빠는 또다시 송이를 훑어봤어. 눈을 끔벅끔벅하면서, 얘가 어디 아픈가 하는 표정으로. 송이는 송이인데, 말하는 건 송이가 아닌 것 같았어. 그러거나 말거나 팬마는 들었던 숟가락을 탁 놓고 일어섰어.

송이는 안절부절못하며 문틈 사이를 왔다 갔다 했어. 팬마가 방으로 들어왔어. 송이는 쪼르르 팬마의 손을 타고 어깨까지 올라갔어.

"너, 왜 그래? 아빠가 화나면 얼마나 무서운지 알아?"

팬마는 송이가 가여웠어.

송이가 축 처진 목소리로 말했어.

"우리 다시 춤추자."

"왜?"

팬마가 송이의 가방을 챙기다 멈췄어.

"나, 학교 가야지."

"뭐야? 나도 학교 가고 싶다고 했잖아. 글자도 배우고 셈도
배울 거라고."

"그럼, 난? 내가 한송이잖아"

오

응?

나도 가야지~

송이는 솔직히 송이의 몸으로 돌아가기 싫었어. 하루만이라도 덩치 큰 2학년이고 싶지 않았거든.

"음, 너는 내 주머니 속에 있으면 어때?"

"그럴까?"

송이는 괜히 신이 나서 팬마의 온몸을 돌아다녔어.

"송! 송! 가만 좀 있어. 가방 좀 챙기게."

팬마가 몸을 흔들었어. 송이는 깔깔깔 웃으며, 팬마의 주머니로 쏙 들어갔어.

옷 주머니에 매달려서 학교에 가는 기분 알아? 꼭 그네를 타

는 기분이야. 흔들흔들, 쿵쿵. 흔들흔들 쿵쿵.

그런데 그네가 자꾸 멈췄어.

송이는 주머니 밖으로 얼굴을

내밀었어. 팬마가 길거

리에서 숨을 헉헉거

리고 있었어. 송이가

쪼르르 팬마의 어깨

로 올라갔어.

"힘들지? 여기쯤 오

면 항상 숨이 찼어. 조금만 쉬었다 가면 돼."

팬마는 말할 힘도 없는지, 숨을 세 번 크게 들이마시고 내쉬더니 걸음을 옮겼어. 교문을 지나고 계단을 올라가다가 팬마가 또 멈췄어. 송이도 늘 멈추던 2층이야. 교실은 3층이거든.

"팬마야, 힘들겠지만 걸음 좀 옮겨 봐. 1층에서 민서네 무리가 올라오고 있어."

송이는 주머니 속에서 팬마에게 소리를 질렀어. 그런데 팬마에겐 들리지 않나 봐.

"한송이, 비켜. 왜 계단을 막고 있는 거야?"

"얘들아, 비켜 비켜. 쟤한테 깔리면 죽음이야!"

아이들은 비웃으며 계단을 올라갔어. 송이는 주머니 속에서 땀을 삐질삐질 흘렸어. 그때 팬마의 몸이 부르르 떨렸어. 송이가 얼굴을 내밀고 상황을 살폈어.

"너희들!"

팬마가 한 손은 계단 난간을 잡고, 한 손은 아이들을 향해 까딱까딱했어. 아이들이 돌아보았어.

"우리?"

아이들이 눈을 휘둥그레 뜨고는, 자신들이 알고 있는 송이
를 봤어. 팬마가 손을 든 채로 고개를 끄덕였어.

"왜?"

한 아이가 찔끔 놀라서 물었어.

"송이 손 좀 잡아줘."

팬마의 숨은 아직 고르지 못했어.

"으하하. 너 미쳤어? 우리가? 왜?"

아이들은 물음표가 가득한 말을 하며 또 웃어 젖혔어.

"내가 나중에 나…… 아니, 팬더마우스 구경시켜 줄게."

"팬더마우스? 정말? 너 그거 키워?"

아이들이 또 물음표가 가득한 말을 하며 호들갑을 떨었어.

"그거 아니고, 팬더마우스라고. 싫으면 말고."

계단 위에 있던 아이들이 우르르 내려와 팬마의(아니 송이의) 손을 잡았어.

사람이 될 거야

"아우, 지루해. 우부부아아악, 아!"

팬마가 하품하다가 딱 멈췄어. 선생님과 눈이 마주쳤거든.

"다 적었나요?"

선생님은 아이들을 둘러보며 말했어.

"네."

아이들 몇이 큰 소리로 답했어.

팬마는 답도 못 하고 시큰둥한 표정으로 책을 이리저리 넘겼어.

"그럼, 발표해 볼 사람? 책을 들고 앞으로 나와서 적은 거 보면서 말해 보세요."

아이들이 손을 번쩍번쩍 들었어.

"한송이. 하품만 하지 말고 나와서 발표해 보세요."

팬마는 움직이지 않았어. 송이는 필통 속에 있다가 팬마의 손을 살짝 깨물었어. 팬마가 정신을 차리고 책을 들고 나갔어. 그런데 팬마는 발표도 못 하고 우물쭈물했어. 아이들이 쿡쿡 웃기 시작했어.

"발표도 못 하면서 왜 나왔니?"

선생님이 핀잔을 주었어.

"송이는 손 안 들었는데요."

팬마가 고개를 갸웃하며 말했어.

"뭐? 다 썼다고 대답했잖니."

"송이는 대답 안 했는데요."

"뭐?"

선생님은 화가 많이 났어. 송이는 또 안절부절못했어. 송이 때문에 모둠이 벌점을 받으면 큰일이니까.

"쓰지도 못했어요. 글자를 잘 몰라서요."

팬마가 책을 선생님께 내밀었어.

"자랑이니? 2학년이 글씨도 못 쓰면 어떡해?"

"그래서 배우러 왔잖아요. 학교가 그런 거 가르쳐 주는 데 아니에요?"

"아니, 부모님은 뭐 하시고……."

선생님이 중얼거렸어.

"아빠는 화가 많고요, 엄마는 없던데요."

아이들이 와! 하고 웃었어. 선생님은 '뭐?'라고 되묻지 않았어.

"그러니까, 선생님이 글자 가르쳐 주세요."

"수업 끝나고 남아."

팬마가 자리로 돌아왔어. 송이는 팬마가 미웠어. 왜 부모님 얘기를 한 건지.

송이는 필통에서 나와 가방으로 들어가 버렸어. 가방 속은 답답했어. 아이들이 수업하느라 모두 앞만 보는 사이, 송이는 가방에서 나와서 교실 문을 나갔어. 주위를 살피다가 다른 교실 앞을 쪼르르 달려서 화장실도 지나갔어. 그러곤 계단을 내려가 2층을 돌아다녔어. 컴퓨터실도 지나고 과학실도 지났어.

다시 계단을 내려가 1층을 돌아다녔어. 돌봄 교실도 지나고, 행정실도 지났어.

한 번도 안 들켰냐고? 송이가 쪼르르 지나가는 순간 고개를 돌리는 선생님도 있었는데, 고개만 갸웃하고 말더라고. 이번엔 운동장으로 나갔어. 운동장에는 체육 수업을 하는 학생들이 있었어.

쉬는 시간에 송이는 교실 밖으로 잘 나오지 않았었어. 아이들이 덩치가 크다고, 움직임이 둔하다고 놀리는 게 싫었거든. 송이는 교실로 들어가려다가, 계단을 따라 운동장으로 내려갔어. 그러곤 천천히 운동장 가를 따라서 뛰기 시작했어. 조금 빠르게, 좀 더 빠르게……

그동안 제일 싫었던 운동장 뛰기. 송이는 두 바퀴나 뛰고는 계단 한구석에서 숨을 골랐어. 숨은 차지만, 기분이 좋아지는 것 같았어. 송이 자신의 몸으로 돌아가도 꼭 운동장을 뛰어 보고 싶었어.

송이는 교실로 돌아갔어. 팬마는 연신 하품하며 수업을 들으려고 애쓰고 있었어. 송이는 입을 삐죽 내밀고 가방으로 들어가서 움직이지 않았어.

점심시간이 되었어. 팬마는 급식 반찬 중에, 소스가 묻지 않은 양배추를 가방에 넣어줬어. 송이는 목이 말랐지만 토라져서 먹지 않았어.

"난 너를 위해서 먹기 싫은 된장국에 밥을 말아 먹고 있다."

팬마가 밥을 우물거리며 말했어. 송이는 가방을 타고 쪼르르 올라가, 책상 위에 있는 필통으로 쏙 들어갔어. 그러곤 팬마를 노려봤어.

"왜 우리 아빠 얘기해?"

"사실이잖아."

"말하기 싫은 사실도 있는 거야."

송이는 금방이라도 울 것 같았어. 아이들이 또 얼마나 놀릴까, 걱정도 되었어.

"그럼 너는 3학년, 4학년 돼도 글자 몰라도 좋아?"

송이가 글자를 잘 모르는 걸 팬마가 알아버렸어.

"같이 배우자. 사람이 된다는 건 쉬운 일이 아니더라고. 배우고 또 배워야 해."

팬마는 반 아이들을 휙 둘러보며 말했어. 송이는 가방으로 다시 내려가서 양배추를 갉아 먹었어.

아이들이 점심을 먹고 집으로 갔어. 선생님은 따라 쓰기가

책을　읽었습니다.
책 을　읽었습니다.
책 을　읽었습니다.
책 을　읽었습니다.
책　읽었습니다.

되어 있는 글자 연습장을 팬마에게 주었어.

"자, 한 번씩 읽어 보자. 그런 다음 따라 써 볼 거야."

선생님이 글자를 가리키며 읽고, 팬마가 따라 읽었어. 한 페이지에 있는 글자는 모두 7개.

"오늘은 이 글자들만 배울 거야. 선생님이 다시 올 때까지 이 글자들을 따라 쓰는 거야. 알겠니?"

팬마는 고개를 끄덕였어.

선생님이 교실 밖으로 나갔어. 송이가 주머니에서 쪼르르 올라가서 팬마가 잡은 연필 꼭대기에 꼬리를 확 감았어.

"책, 을, 읽, 었, 습, 니, 다."

팬마가 읽고, 송이가 따라 읽었어. 팬마가 손을 움직여 글씨를 썼어. 송이도 연필이 움직이는 대로 몸을 움직였어. 연필이 움직이고 까만 글씨가 연습장에 적혔어. 팬마도 송이도 활짝 웃었어. 똑같은 글자를 열 번이나 쓰는데도 하나도 지루하지 않았어.

관심도 먹어요

집에 오자마자, 팬마는 이불에 픽 쓰러져 누웠어.

"송, 네가 피곤한 거냐? 내가 피곤한 거냐?"

팬마는 중얼거리다 잠이 들었어. 송이는 아직도 힘이 남아서, 방을 돌아다니다가 거실로 나갔어. 조그만 거실엔 식탁과 텔레비전, 냉장고가 있어. 텔레비전 뒤 벽에 엄마 아빠의 결혼 사진과 송이의 돌 사진 액자가 붙어 있어. 송이가 유치원 다닐 때 함께 찍은 가족사진도 있어.

송이는 아무도 없을 때면 저 사진들을 봐. 저 때는 아빠 엄마가 서로 사랑했었대. 송이가 돌 때도 두 분은 서로 사랑했대. 송이도 예뻐하고 사랑했대. 그런데 몇 년 전부터 두 분은 서로 사랑하지 않는 것 같아. 송이도 사랑하지 않는 것 같았어. 송이는 저 사진 속처럼 다시 아기가 되고 싶었어. 맞아. 송이가 정말 되고 싶은 건 팬더마우스가 아니라 아기였어.

띡 띡 띡 띡 띡 띡!

현관 비밀번호 누르는 소리가 천천히 들렸어. 아빠가 술을 마셨나 봐. 송이는 얼른 냉장고 위로 쪼르르 올라갔어.

"또 자냐? 학교만 갔다 오면 잠이나 자고. 그러니까 덩치만 크지!"

아빠가 방문을 붙잡고 버럭 화를 냈어. 팬마가 일어나는 소리가 들렸어. 팬마가 또 아빠에게 대들까 봐 걱정됐어. 그런데 팬마가 웬일로 조용했어.

아빠는 부엌에서 비틀거리며 밥을 했어. 프라이팬에 고기도 구웠어. 냄새가 집 안에 가득했어. 침이 꿀꺽 넘어갔어.

"밥 먹어."

아빠가 불고기를 접시에 담아서 식탁에 놓았어. 밥에서 연기도 모락모락 났어. 팬마가 방에서 나왔어. 팬마가 숟가락을 힘없이 들었어. 밥을 떠서 입으로 가져가는데 밥알이 흘렀어. 젓가락으로 불고기를 집어서 입으로 가져가는데도 흘리고 말았어.

"제대로 안 먹어?"

아빠가 이마를 찡그렸어.

순간, 팬마의 눈이 아빠에게 불을 뿜는 것처럼 반짝거렸어.

"또 소리 지르게요?"

팬마가 아빠를 빤히 쳐다보며 말했어. 팬마를 노려보며 찡그리던 아빠의 눈썹과 이마가 조금씩 풀렸어. 고개를 갸웃했고.

"아, 아니······ 똑바로 먹으라고. 아깝잖아."

아빠가 팬마의 눈을 피하며 말을 흐렸어.

"술 먹는 돈은 안 아까우세요?"

"뭐?"

"뭐, 뭐, 뭐! 묻지만 말고, 송이를 찬찬히 보세요. 자세히. 송이가 잘 먹어서 이렇게 덩치가 커졌겠어요?"

팬마는 잠을 잤는데도 아주 힘든 것 같았어.

"뭐…… 아니, 그럼……."

아빠는 그제야 팬마의 얼굴을(송이의 얼굴을) 조금 자세히 보았어.

"얼굴이 부었나? 잠을 얼마나 잤으면 얼굴이 퉁퉁…… 아닌가?"

아빠가 좀 더 자세히 팬마의 얼굴과 몸을 훑어보았어. 아빠가 이렇게 오랫동안 자신의 얼굴을 보는 게 얼마 만인지, 냉장고 위에 있던 송이는 눈물이 나려고 했어.

"병원 좀 데려가 봐요."

"누굴? 너?"

"네, 한송이요. 몸이 안 좋은 게 분명해요. 아이들은 밥도 잘 먹어야 하지만, 관심도 잘 먹어야 한다고요."

팬마의 말투에 아빠는 눈을 휘둥그레 굴렸어.

"근데 엄마는 어디 갔어요? 어제도 오늘도 안 보이네요."

"몰라서 묻냐?"

아빠는 다시 화가 난 것 같았어.

"어떻게 알아요? 아무도 말 안 해 주는데?"

"찾고 있어."

아빠가 큼큼, 헛기침하더니 불고기를 우걱우걱 먹었어. 아빠가 밥을 먹는 사이, 팬마가 냉장고 위에 있는 송이에게 눈짓했어.

팬마가 방으로 들어가고, 송이도 아빠 눈에 안 띄게 조심하

며 방으로 갔어.

"춤추자."

팬마가 말했어.

"왜?"

"난 충분히 먹었어. 오랜만에 따뜻한 밥 먹어. 송이 너 자신
으로."

송이는 팬마와 춤을 추고 송이로 돌아왔어.

송이가 식탁 앞에 앉아서 쭈뼛거리며 밥을 먹었어.

맛있었어. 아빠가 이렇게 밥을 해 주는 게 처음인 것 같았어.
아빠랑 엄마랑 송이랑 다 같이 저녁을 먹으면 얼마나 좋을까
생각했어.

"아빠……."

아빠가 슬쩍 송이를 봤어.

"엄마, 이모네에 갔을 거예요. 그렇죠?"

이모는 다른 지방에서 음식점을 하고 있어.

한송이로 살기

송! 송! 소옹!!

　저녁을 너무 많이 먹었나 봐. 송이는 책상에 팔베개하고 머리를 눕혔어. 팬마도 책상 위에서 연필을 베고 누워 숨을 몰아쉬었어. 송이와 팬마는 서로 마주 보며 큭큭 웃었어. 송이는 팬마가 되어 교실과 복도와 운동장을 돌아다녔던 일을 잊지 못할 거라고 말했어. 팬마는 학교에 가고, 글자를 배웠던 일이 얼마나 재밌고 굉장했는지 말했어.

　"팬마야, 넌 왜 글자를 배우려고 해?"

"말을 배웠으니, 글자도 배워야지. 사람 세상에는 글자가 꼭 필요하잖아."

송이는 팬마의 말이 잘 이해되지 않았어. 그래서 머리를 들어서 팬마를 내려다보았어. 팬마도 연필에서 몸을 일으켜 똑바로 앉았어. 아주 중요한 이야기를 하듯이 말이야.

"난 사람이 될 거야."

"사람? 왜?"

"사람은 오래 살잖아. 우리 팬더마우스는 3년 정도밖에 못 살아. 난 벌써 1년을 살아버렸다고. 그래서 옥황상제님께 빈 거야. 사람이 되고 싶다고."

"그랬더니 소원을 들어줬어?"

"응. 어렵지만 난 꼭 해내고 말 거야. 첫 번째가 너야."

"나? 내가 될 거라고? 그럼 나는? 나는 어떡하고?"

송이는 갑자기 무서워졌어. 팬마가 송이가 되고, 송이는 팬마가 되어 영원히 살아야 한다고?

순간, 팬마가 씩 웃으며 눈을 반짝였어.

"하고 싶은 말도 제대로 못 하고, 뭔가 잘하려고 힘내지도 않으면 한송이 자리를 뺏길 수도 있다는 거 몰랐어?"

'말도 안 돼.'

송이는 왈칵 눈물이 쏟아졌어. 팬마가 송이가 된다면 이제, 송이는 엄마 아빠와도 못 살고, 학교도 못 가고, 친구들도 못 만나고 팬더마우스가 되어서 사람들 몰래 숨어 다니기만 해야 하는 거잖아. 왜 작아지고 싶다고 했는지 후회가 되기 시작했어.

"나 잘 거야."

송이는 이불 속으로 들어가 두 손을 꼭꼭 감췄어. 팬마가 갑자기 꼬리를 새끼손가락에 감고 춤을 추자고 할지도 모르니까.

아침이 되었어. 송이는 조심조심 학교 갈 준비를 하고 현관문을 나섰어. 문도 살짝 닫았어. 팬마가 쫓아올까 봐 걱정됐어. 조금 빨리 걸었어. 또 숨이 찼어. 병원에 가야 한다는 걸 느낀 건 좀 오래됐어. 하지만 아빠 엄마에게 말하지 못했어. 아빠 엄마는 돈이 없다며 자주 싸웠거든. 어쩌면 팬마는 이걸 노릴지도 몰라. 송이가 아프니까 새로운 송이가 돼서 건강하게 엄마 아빠와 살지도 몰라. 송이는 너무 슬퍼서 걸음을 걸을 수가 없었어.

"왜 어디 아프니?"

정신을 차려보니, 보건 선생님이 앞에 서 있었어. 보건실 앞이었어. 송이는 고개를 흔들었어. 송이는 얼굴이 벌게져서 보건 선생님 앞을 쌩 지나가다가, 뒤돌아보았어. 선생님은 벌써 보건실로 들어갔나 봐.

"으음, 벌써 학교 왔어?"

팬마가 가방에서 나와 쪼르르 송이의 팔을 타고 올라왔어.

"너, 언제……."

송이는 팬마를 한 손으로 집어, 가방 안으로 넣었어. 그러곤 재빨리 보건실로 들어갔어.

"선생님, 숨 쉴 때마다 여기가 아파요."

송이가 자기 가슴 쪽을 가리키며 말했어.

"걷기도 힘들고요, 뛰기도 힘들어요."

보건 선생님이 송이를 침대에 눕혔어. 팬마가 가방 속에서 얼굴을 삐쭉 내밀어 송이를 보았어. 송이는 고개를 돌려버렸어.

보건 선생님이 청진기로 송이의 숨소리를 들었어. 언제부터 그랬는지, 얼마나 아픈지, 부모님은 아시는지도 물었어. 송이는 천천히 생각나는 대로 대답했어. 보건 선생님이 송이가 몇 반인지 물었어.

"걱정하지 말고, 오늘 하루 즐겁게 지내."

보건 선생님의 말씀 때문인지, 숨쉬기가 편해졌어.

송이는 교실에 가서 가방을 두고 화장실에 갔어. 어느새 팬마는 송이의 윗옷 주머니에 들어가 있었어.

"우리 춤추자. 응? 나, 글자 배우고 싶다고 했잖아."

팬마가 송이의 손등과 팔을 타고 다니며 졸랐어.

"나도 아직 글자 다 모른단 말이야."

송이는 얼른 손을 씻고 교실로 갔어.

"오늘 첫 시간은 가족이에요. 그래서 나와 가족을 소개하는

나를 소개해
생일
1.10

좋아하는 것
축구
꿈
축구선수

나의 이름은
이태경

나를 소개해
생일
12.25

좋아하는 것
눈
꿈
파일럿

나의 이름은
박준서

시간을 가질 거예요. 먼저 나를 친구들에게 소개하는 글을 써 볼 거예요."

선생님의 말씀에 송이는 한숨을 푹 내쉬었어. 말로 하기도 어려운데, 글로 써야 한다니. 그때 팬마가 책상 위에 있는 필통으로 쏙 들어갔어.

"어때? 글씨 쓰기 힘들지? 춤추자. 응? 내가 써 볼게."

팬마가 작은 입을 움직이며 속삭였어.

"싫어!"

송이가 바락 소리를 질렀어.

"한송이! 선생님한테 소리 지른 거야?"

"아, 아니에요."

아이들이 와하하하 웃어댔어.

아이들은 자기소개 글을 쓰기 시작했어. 송이는 뭐라고 써야 할지 몰라서 연필만 꽉 쥐고 있었어. 팬마가 비웃는 것 같았어.

순간, 팬마를 다른 친구에게 줘버릴까, 생각

이 들었어. 선생님 말씀 안 듣고 장난만 치는 태경이? 송이에게 돼지라고 놀리는 준서? 매일 간섭하는 민서? 제일 공부도 잘하고 말도 잘하는 하진이?

아이들을 둘러보며 송이는 고민했어. 그런데 어느 아이도 팬마와 바꿀 사람은 없었어. 송이에게 잘해 주지 않아도 한 사람한 사람 모두 그 아이 자신으로 보였어.

선생님이 송이 옆을 지나가다가 말했어.

"자기 이름도 안 쓴 사람은 뭐예요?"

송이는 얼른 한송이라고 이름을 썼어. 한송이 위에 더 진하게 또 한 번 더 썼어. 팬마가 이름을 뺏어가지 못하도록.

"다 썼으면, 발표해 볼 사람? 가족 얘기는 해도 되고 안 해도 돼요."

아이들이 손을 들었어. 송이는 손을 들 수가 없었어. 다 못 썼거든. 팬마가 긴 꼬리를 흔들거리며 송이의 손 가까이로 뻗치기 시작했어. 송이가 놀라서 손을 번쩍 들었어.

"한송이?"

"네?"

"이번엔 진짜 손 들었지? 나와서 발표해 보세요."

송이는 우물쭈물 칠판 앞으로 나갔어. 송이는 선생님에게 솔직하게 말했어.

"다 쓰진 못했는데요, 말로 해 볼게요."

선생님의 얼굴이 환해졌어. 송이의 말을 처음 들은 것처럼.

"저는 2학년 1반 10번 한송이입니다. 우, 우리 가족은 아빠, 엄마, 저입니다."

송이의 얼굴이 빨개지며 가슴이 콩닥콩닥 뛰었어. 소개를 멈추고 싶었어. 그런데 팬마가 어느새 교실 뒤쪽에 있는 사물함 위에서 송이를 보고 있었어.

"우리 아빠는 대리점을 하다가 잘되지 않아서 그만두었습니다. 그래서 더 작은 집으로 이사 가야 한다고 했습니다. 엄마는 아빠와 싸우고 이모네 가게에서 일합니다. 하지만 아빠와 엄마는 저, 저를 사랑……."

아이들의 눈이 송이를 보고 있어. 비웃는 아이는 없었어. 팬

마도 송이를 보고 있었어. 송이는 아이들과 팬마를 둘러보며
말했어.

"아빠와 엄마는 저를 아주 많이 사랑한다는 걸 잘 알고 있
습니다. 저도 아빠 엄마를 사랑합니다."

송이가 발표를 마쳤어.

"와! 한송이 말하는 거 처음 봐."

"와! 정말 말 잘한다."

아이들이 손뼉을 쳤어. 선생님도 웃으며 고개를 끄덕였어.

팬마는, 보이지 않았어.

누구 손가락일까?

송이가 자리로 돌아왔어. 팬마는 필통 속에 있었어. 송이를

보며 "정말 잘했어."라고 속삭였어. 송이는 조금 놀랐어. 팬마

가 실망할 줄 알았거든. 한송이 자리를 넘볼 수 없어서 말이야.

집에 와서 팬마를 상자에 넣었는데, 팬마는 너무 느긋했어.

"너 이제 어디로 갈 거야?"

송이는 팬마가 좀 빨리 가줬으면 했어.

"어딜 가? 난 너한테서……"

"난 한송이를 안 뺏길 거라고!"

"무슨 소리야? 난 누구 대신 사람이 될 마음 전혀 없어. 난 나로서 사람이 될 거야."

"그게 무슨 말이야?"

송이는 전혀 이해가 되지 않았어.

"내가 세 명의 사람을 도와주면서, 사람 사는 법을 배우면 나도 사람이 될 수 있게 해 준댔어. 이해됨?"

송이는 팬마의 말을 천천히 생각해 보았어.

"아, 그랬구나!"

어쨌든 다행이야. 누구도 영원히 팬더마우스로 바뀌지 않는 다는 말이잖아.

"그럼 지금 춤출까?"

팬마는 꼬리를 송이의 새끼손가락에 휙 감으며 말했어.

"왜?"

"송이 네가 오늘 배운 글자 나한테 가르쳐 줘야지."

"좋아."

송이는 팬마를 손에 올리고 거울 앞에 섰어. 오른쪽 어깨를 으쓱으쓱. 왼쪽 어깨를 으쓱으쓱. 뱅그르르 뱅그르르 뱅그르르.

얼마나 세게 돌았는지 머리가 어지러웠어. 그래도 송이와 팬마는 와하하하 웃었어.

이제 송이가 된 팬마가 연필을 잡고, 팬마가 된 송이가 연필 꼭대기에 매달렸어.

"배운다는 건 참 좋은 거야"

팬마는 쓱쓱 쓱쓱 글자를 써 나갔어.

"팬마 학생, 틀렸습니다. 지우개로 지우고 다시 쓰세요!"

송이는 선생님처럼 야단을 치고, 연필이 못 나가도록 꽉 잡았어.

갑자기 현관문 비밀번호 소리가 띠띠띠띠 빠르게 울렸어.

"송이야!"

엄마 목소리야. 방문이 벌컥 열렸어. 엄마가 송이를 와락 안았어. 송이로 바뀐 팬마를 말이야. 진짜 송이는 팬마가 되어 책상 밑으로 달려가서 숨었어.

81

'엄마가 오다니.'

송이는 책상 밑에서 안절부절못했어.

"어, 엄마세요?"

팬마가 얼떨떨하며 엄마에게 물었어.

"송이야!"

현관문이 열려 있었나 봐. 어느새 아빠도 들어왔어.

"당신은 엄마라는 사람이, 아이가 이 지경이 되도록 몰랐단 말이야!"

아빠가 소리쳤어.

"송이한테 신경도 안 쓴 당신은 잘한 거야?"

엄마도 소리쳤어.

"나 혼자 잘 먹고 잘살려고 그랬어? 우리 가족 다 같이……."

아빠가 소리를 치다가 목소리가 작아졌어.

송이는 책상다리에 매달려 오들오들 떨었어. 보건 선생님이 아빠 엄마한테 전화했나 봐. 이제 어떡하면 좋아. 송이는 자기 때문에 엄마 아빠가 싸우는 게 너무 싫거든.

"두 분, 싸울 시간 있어요? 병원 예약은 했어요?"

팬마가 시큰둥하며 물었어.

"벼, 병원 예약. 해야지. 해야지……"

아빠가 핸드폰을 들고 허둥지둥했어.

"송이야, 엄마가 미안해. 많이 무서웠지……."

엄마가 팬마의 얼굴을 쓰다듬고는 두 팔로 꼭 안아줬어. 팬마가 엄마에게 폭 안겼어. 송이는 너무 속상했어. 며칠 만에 보는 엄마인데 팬마가 안겨 있잖아. 송이는 자기도 모르게 책상을 타고 엄마의 바지에 매달렸어. 그리고 엄마의 배로 올라가고 어깨로 올라가려고 옷을 타고 올라갔어. 꼬리가 마구 흔들렸어.

"악! 엄마야! 이게 뭐야! 엄마야!"

엄마가 팔을 탁탁 털며 소리치고 허둥거렸어.

"왜, 왜 그래?"

아빠도 놀라서 팔을 허우적거렸어.

"엄마 아빠, 나야. 한송이! 내가 진짜 한송이라고!"

송이가 소리치며 엄마의 어깨에서 아빠의 어깨로 뛰었어.

"아악! 쥐야, 쥐!"

엄마와 아빠가 소리를 지르며 서로 껴안고 발을 우당탕 굴렀어.

송이는 얼른 팬마의 손가락에 꼬리를 감았어.

"빨리 춤춰!"

세상에 태어난 뒤 제일 큰 목소리로 송이가 소리쳤어.

으쓱으쓱 으쓱으쓱 뱅그르르 뱅그르르 뱅그르르.

송이는 송이가 되고 팬마는 팬마가 되었어.

엄마와 아빠는 서로 껴안고 있다가 머쓱해서 큼큼 헛기침하고 있었어.

송이가 얼른 엄마 아빠 사이로 들어갔어.

아빠가 송이를 안았어. 엄마도 송이를 안았어.

팬마가 옥황상제를 향해 검지를 치켜들었어. 한 사람 성공했단 뜻이지.

"송이야, 한송이!"

밖에서 친구들이 송이를 불렀어.

송이가 놀라 현관문을 열었어.

　반 친구들이 우르르 송이 방으로 들어왔어.

엄마 아빠는 간식을 사 온다며 나갔어.

　"어딨어? 팬더마우스 보여 준다며?"

　팬마는 송이의 손에 있었어. 송이가

손을 내밀었어.

"와! 진짜 팬더마우스네! 아우, 귀여워! 한송이, 부럽다."

"얘 이름은 팬마야."

아이들이 팬마를 향해서 손을 뻗었어.

팬마가 눈을 반짝하며, 친구 중 한 명의 손가락에 꼬리를 좌라락 감았어.

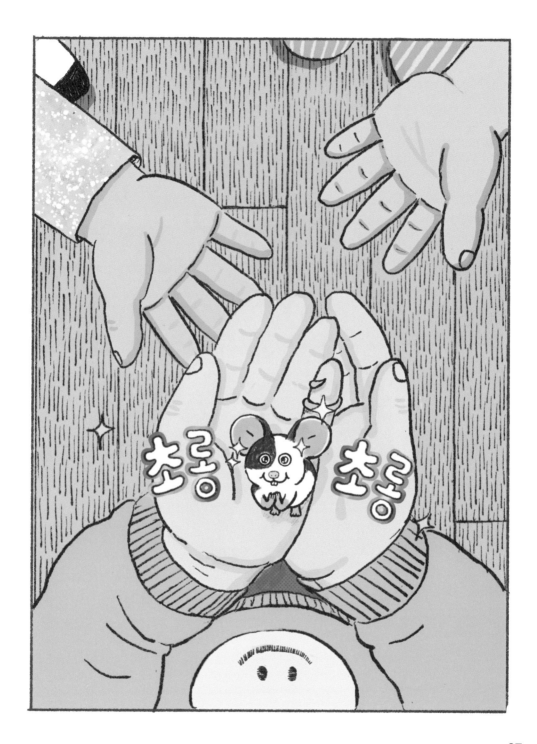